魔法森林大件事②

神奇小蘑菇

陳美娟 著

新雅文化事業有限公司
www.sunya.com.hk

目錄

神奇蘑菇的正反魔力

看完《魔法森林大件事 2 神奇小蘑菇》，我的腦海立刻浮現《小王子》星球上有一種可怕的巴奧巴比巨樹種子，如果你沒有每天按時拔掉剛竄出來的小樹苗，任由它生長，一旦長成大樹，樹根就會到處鑽洞，甚至讓整個星球崩壞粉碎！

這種「壞種子」就像故事中引起魔法森林大亂的「神奇小蘑菇」，它用閃爍耀眼的粉紅外表，吸引仙子吃下之後，不斷產生「壞念頭」。這種「念頭菇」引出許多負面思想。例如，風仙子變得傲慢、產生不想為別人帶來一絲清涼的自私念頭；草仙子變得自卑，覺得自己一無是處，沉浸在自憐自艾的念頭中，無法自拔。花仙子性情大變，產生惡毒的念頭，互相攻擊，甚至大打出手。

要如何拔除這些「壞念頭」呢？作者巧妙的運用同一顆蘑菇，變成粉紅色就成了產生壞念頭的壞蘑菇；只要回到最原始的棕色就是解除魔咒的良藥，亦正亦邪，全憑一念之間。因此作者在這個童話故事中建構

魔法森林，運用許多吸引孩子的奇幻情節，不斷地處理一環扣一環的危機，其實最主要傳達的核心概念就是「轉念」。

如何「轉念」？當你產生負面思維的壞念頭，就要馬上用正面的說法，肯定自己，找回自信。就像賢草說：「我想通了！我的價值在於我就是我，因為我夠獨特！」

膽小、慢半拍的阿也，一開始不夠有自信，覺得自己無法勝任拯救魔法森林的任務，但是當他願意為大家服務，想出解咒雨的好點子，最後和大家齊心努力製造魔法森林第一場解咒雨，成功解除蘑菇魔咒，也找到自己的長處和價值。

讀完這個富有深意的故事之後，讓我隨時提醒自己，每天都要好好的清理自己內心的小世界，只要發現「壞念頭」或「負面思想」就要立刻拔除。也要學會「轉念」，才能讓自己隨時保持愉悅的心情，微笑迎接每一天！

嚴淑女
童書作家與插畫家協會
台灣分會會長（SCBWI-Taiwan）

齊心事必成

這是一個關於「互信」、「互愛」、「互助」的童話故事。

故事緣起於魔法森林的天氣變得異常悶熱，森林裏的花仙、草仙、露珠仙們抵受不了，需要找風仙子幫忙製造涼風，可惜找遍整片魔法森林，風仙子們好像消失得無形無蹤。

一眾仙子在森林領袖石漢大王的率領下，前往棕樹林尋找風仙子的下落⋯⋯結果，發現了「神奇小蘑菇」的秘密。

情節鋪排流暢，用字簡潔易明，是一個很好讀的故事。

我們需要好的故事，讓孩子從閱讀中感同身受，了解何謂互助、互信、互愛，也知道有些事不能靠一己之力去解決；我們也需要集思廣益，才能迎刃而解。

故事中這一段最打動我：

露露拍拍阿也的肩膊說：「阿也，現在森林很需要你的幫忙，你願意為我們這森林幹大事嗎？」

阿也退一步說：「哎吔，我？大事？大家都知我膽小，做事又慢半拍，我何來本領幫忙呢？」石漢大王拍拍阿也另一個肩膊說：「阿也，你真的忍心看見我們的森林四分五裂，仙子們各走各路嗎？」

石俊雙手拍拍阿也兩個肩膊說：「來！我們需要你，魔法森林需要你！」……露露高興地說：「好！由現在開始，我們一起拯救森林，撥亂反正吧！」他們四個志氣高昂地高呼：「哎吔！齊心事必成！」

在世紀疫症之下，我們不需要故事裏那種神奇小磨菇的「幫助」，需要的是互勵互勉，讓你我身邊的每一個「阿也」，都看見自己的力量，齊心事必會成。盼望孩子讀完書後，猶如發掘了寶藏一樣，會變得樂觀、充滿希望，抬頭看見陽光與藍天，自然露出微笑。

怪獸叔叔

追求卓越，也懂得知足

本書承接我之前出版的《魔法森林大件事》中的兩個事件，森林裏的仙子們再生事端。在仙子身上發生的事，與我們的現實生活也有點息息相關。事實上，童話不離人生，所以閱讀才會有滋味，有共鳴。

來到《魔法森林大件事》的第二冊，森林發生了第三個大事件，事情的規模越見擴大。我今次把說故事的方式調整成更加深入，期望挑戰小讀者，讓閱讀能力也來個升級。森林事件本來是小事一樁，只不過是源於一個小仙子的慾望，沒想到翻了幾翻，竟然整個森林掀起了巨大的波浪。

觸發我寫作這集的動機，來自於現實生活的啟發。今天，我們經常鼓勵孩子追求卓越，這是對的、應當的，但我更盼望大家先要明白自己的長處和限制，不要妄自菲薄，亦不要「急就章」、抄捷徑，而是腳踏

實地，依循正途去求取進步。

　　我更期待每個小讀者在追求卓越之餘，都懂得欣賞自己所擁有的，都明白沒有人是完美的；無論目前擁有什麼、擁有多少，都懂得知足，既肯定自己，又欣賞別人，樂意與他人分享。用這樣的態度生活，你的森林只會有美好的大事小事，而不會變成糗事囧事。

陳美娟

角色介紹

花仙子

花后愛美
花仙子的領袖，高雅豔麗，
體態曼妙，自信高傲。

恬兒
性格有主見，勇於表達
自己的想法。

草仙子

靈草
草仙子的大哥，性格
溫和，有親和力。

尚草
草仙子中的另一大
哥，思想純樸，非
常擅長拉筋。

露珠仙

露露
聰敏善良，
心思縝密，
讓人信賴。

露娜
溫柔和善，
善解人意。

風仙子

靈風
風仙子的大哥，聰明機靈，細心體貼。

帥風
八卦靈通，性格衝動、直率，心直口快。

瀟風
瀟灑自若，獨來獨往，不愛拘束，充滿好奇心。

阿也
性格膽小，非常貪玩，常常跟在大隊最後的位置。

石仙子

石漢大王
既是石仙子的首領，又是魔法森林的領袖。體形壯碩，為人敦厚、老實。

石俊
石漢大王的左右手，頭腦聰明，性格爽朗。

羅賓鳥

羅莉
羅賓鳥的首領，擁有色彩豔麗的羽毛，歌喉了得，開朗性急。

阿芙
羅莉的小和音，性格合羣，樂於助人。

糖果屋前傳
神奇小蘑菇

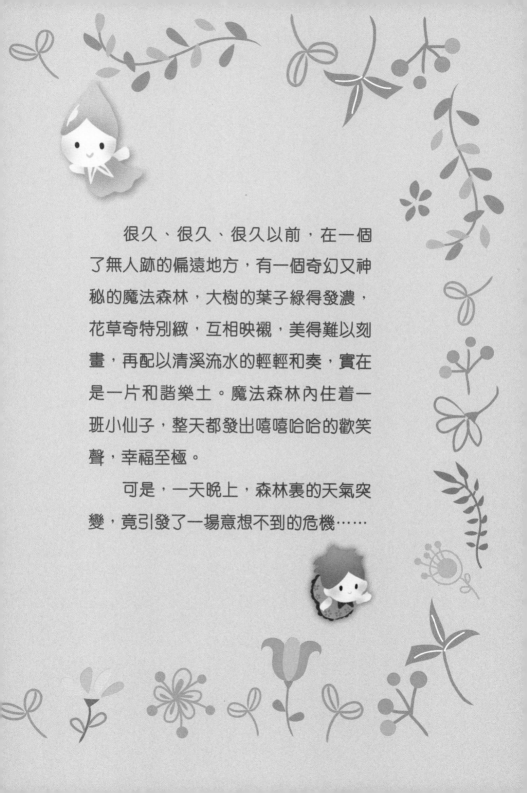

　　很久、很久、很久以前，在一個
了無人跡的偏遠地方，有一個奇幻又神
秘的魔法森林，大樹的葉子綠得發濃，
花草奇特別緻，互相映襯，美得難以刻
畫，再配以清溪流水的輕輕和奏，實在
是一片和諧樂土。魔法森林內住着一
班小仙子，整天都發出嘻嘻哈哈的歡笑
聲，幸福至極。

　　可是，一天晚上，森林裏的天氣突
變，竟引發了一場意想不到的危機⋯⋯

第一章　酷熱的森林

「好熱呀！」「怎麼森林這晚會熱得這麼厲害？」「救命呀！我快要熱死了！」花后愛美和她的一眾花仙子們，你一言我一語地投訴起來。

天氣太悶熱，大家都躁動起來，終於按捺不住，高呼救命。就連平日非常冷靜的花仙恬兒也顧不了儀態，把身上的花瓣左揚右摺，設法驅散全身亂竄的熱氣。

大家都知道，花仙子們對天氣的變化特別敏感，只要氣溫稍一變卦，就會花容失色，頭也抬不起來！天氣冷，她們就只想倒頭大睡。下雨天則要小心翼翼，她們喜愛小雨，但幾滴無情大雨點已足以令她們的花瓣變形，甚至脫落。不過，最使她

們害怕的是熱烘烘的天氣，因為猛烈的陽
光會使色彩斑爛的花瓣褪色，失去光澤，
變暗變灰。她們的脾氣也會隨之變得暴躁，
她們最引以為傲的氣質頓時消失。

但這晚天氣異常悶熱，情況實在有點不對勁！因為平日只要天氣稍有改變，花仙們便會第一時間找其他仙子幫忙。當天氣開始轉冷，她們便會找石仙子來擋擋寒氣；大雨來了，她們就會立即找風仙子吹走雨雲；天氣熱了，就拜託風仙子來幫忙製造涼風。因此，在魔法森林，真的沒有多少日子是壞天氣的。大家都寵着花仙們，讓她們繼續爭妍鬥麗，施展魅力。這就是魔法森林的奇幻之處，仙子們歷代在此安

居，快樂地生活着。

可是，這個晚上，那種突如其來的悶熱，把花仙子們折騰得叫苦連天。花后愛美隨即四處尋找風仙子來解困。可惜，森林裏竟然一點風聲也沒有，真的一絲風也找不着！風仙子們平日來無蹤去無跡，這是眾所皆知的，但仙子們總有他們聯繫的方法，只要施展一些魔法訊號，大家就能有所感應。難道這次是魔法失效？還是發生了什麼大事呢？

第二章　風仙子失蹤

在這個悶熱的晚上，原來不單止有花仙子感到煎熬難耐，還有草仙和露珠仙也察覺到情況異樣。草仙們半夜醒來感到渾身滾燙如火炙般，而露珠仙子則感覺體內猶如有一鍋熱水在翻滾着，他們都坐立不安，不知如何是好。

於是，魔法森林內的仙子們一批又一批的都走了出來，嘗試了解到底發生了什麼事情，

為何會出現這麼不尋常的現象？

他們的喧嚷聲終於吵醒了石漢大王和其他石仙子們。由於石仙子天生不怕冷也不怕熱，氣溫轉變對他們並沒有多大的影響，所以即使在這樣酷熱的晚上，他們仍可蒙頭大睡，沒有察覺任何異樣。

石漢醒來不久，睡眼惺忪的，一邊擦着眼睛，嘗試把眼睛睜大一點，一邊聽着大家大吐苦況。大家説着説着，發現這刻

最需要的救星——風仙子，一個也沒有出現呢！他們到底去了哪兒呢？

愛美和花仙子們異口同聲說：「我們四處尋找了一整個晚上，已經發放了不知多少個訊號給帥風、靈風和他們的兄弟，但仍找不到他們啊！」花后繼續說：「真是毫無頭緒啊！到底風仙子們往哪裏跑了呢？就連靈風，他們之中最懂照顧我們的大哥也不知去向、音訊全無……」露珠仙子露露和露娜也忍不住插話，說：「沒有

風仙子的幫忙，再這樣熱下去，我們都受不了啊！」

　　石漢大王一邊聽着大家訴說，一邊摸着頭，一臉茫然，不知如何應對。

　　這時候，石俊好像發現了什麼似的，說道：「稍安無躁，不如冷靜一下，大家一起想想是在哪兒和什麼時候最後一次見到風仙子的呢？」

　　尚草搶先說：「我記得自己不久前曾跟帥風打招呼，之後……」

「之後，怎樣？」愛美急着追問。

尚草閉着眼想了想：「之後……」其他仙子也緊張地問：「之後如何？」

尚草打了個筋斗，不太肯定地說：「印象很模糊，我打了個招呼後，帥風就好像不見了。」

石俊帶着滿腦子疑問，說：「尚草，你在哪兒見到他呢？」

尚草說：「在露珠湖附近。」

露露說：「我整晚在湖邊歇息，都沒有看見你，也沒有見過帥風啊。」

露珠仙子的回應，讓眾仙子頓時大失所望。

第三章　草仙子的證詞

當大家議論紛紛時，尚草的兄弟賢草充滿疑惑地問道：「尚草，我們不是整個晚上都在一起嗎？只是剛剛才給花仙子們的聲音吵醒吧？」

聽到仙子們的回應和疑問，尚草不禁猶豫了。他遲疑了半晌，細心一想，這才想起自己應該是在睡夢中和帥風打了個招呼……他只好尷尬地説：「可能今晚熱得太厲害，我竟然把睡夢誤以為真，真糊塗啊！」

尚草連忙向大家致歉。大家都瞪着眼看他，一臉無奈。

露珠仙子露娜托着頭沉思了一會之後，説：「我應該在幾天前，在棕樹林中見過靈風的背影，但一轉眼便消失了，他好像正忙

着什麼似的。」

石漢大王接着道：「幾天前最後一次見到靈風？那其他的風仙呢？」

愛美一邊不停地搧風，一邊說：「當時靈風在忙什麼呢？」

「且慢！」這時，尚草突然眼睛閃出亮光，抬頭指向夜空，說：「前天晚上，前天即不是昨天，而是昨天之前一天的晚上，將近天亮之際……」

大家都沒好氣地望着尚草手舞足蹈，心想他可能又是在說夢話。「夜空靜寂無痕……只聽到大家的呼吸聲，由於當時只有我一個在森林……」

各族仙子都已經很不耐

煩，尚草還說東說西，愛美火冒三尺地對尚草說：「尚草，你可以清楚說明你是否在前天晚上見過風仙們嗎？」

尚草一臉認真地回應說：「花后，你先別着急。我不想再令大家失望，才會仔細說清楚每個細節，確保那不是夢境。」

「好了，好了，快說！」大家齊聲催促。尚草清了清喉嚨，正想繼續，卻忽地滿臉惆悵道：「噢！我忘了剛才說到哪兒……」這時，石俊上前拍拍尚草的肩，接話說：「你說只有你一個在森林。」

尚草說：「對！當時我獨個兒在森林東面的小山丘上拉筋，東面即是西面的對面，早上太陽升上來的那邊………」

「我們清楚哪邊是東面，不用多說了！」愛美再一次不耐煩地阻止尚草投入

那些無謂的闡釋。

　　尚草卻不以為然，越說越投入，還開始示範自己當時如何拉筋：只見他先舉起雙手，在空中畫大圈，再把左腳提高至左肩，右腳提至右肩，交替重複五次，然後把身體伏在地上做出「一字馬」。大家見到尚草只顧解釋如何拉筋，都為之氣結。

　　正當大家開始鼓噪時，尚草維持着他最後的拉筋動作，抬起頭來說：「就在這時，太陽剛出來並且照到

我的屁股上。除了聽見自己的呼吸聲之外，
我發現了有一班風仙子在我背後掠過。我
當時正伏在地上，所以看不見他們。但是，
我隱約聽到他們在吃什麼似的，還爭着説
要快點吃。當我轉過頭想要看看他們到底
在幹什麼時，他們已不見蹤影了。」

　　「我尚草向大家保證，我以上所説的，
全部都是足本的敍述，沒有增添和省略
的。」尚草示範完畢，抹着汗站起來補充
道。

石俊隨即為大家總結説：「那即是説幾天前靈風曾在棕樹林附近出現過，而其他的兄弟則在之後一、兩天清早時在東面小山丘附近吃東西。那麼，還有沒有其他仙子最近曾經碰見過風仙子們呢？」

仙子們互相對望了一會兒後，大家都沉默不語，看來在此以後沒有仙子再見過風仙們了。露露歎了一口氣，説：「即使我們知道風仙子最後一次出現的時間是前天，這對於我們現在面對的問題又有何幫助呢？」

石俊解釋説：「這也許能為我們提供有關風仙子失蹤的線索。因為我們先要找出他們最後出現的時間、地點，才可以循着線索推斷他們往哪裏去了。」

「好吧，好吧！那就事不宜遲！我們

現在先去東面的小山丘，看看有沒有什麼線索吧。」說罷，花后愛美立刻動身起行，因為她實在不能再忍受大家繼續浪費時間慢慢探討下去了。

　　眼看自己身上的花瓣逐漸褪色，她不禁心急如焚，心想：為什麼每每魔法森林出現突發狀況時，她們花仙子總是最受影響的一羣，那實在太不公平了！其他仙子根本不會明白她們的感受，自然也不會着緊！

　　愛美帶着恬兒和其他花仙子率先出發，石漢和一眾仙子緊隨她們一起向着森林東面的小山丘進發。在路上，大家都不忘東張西望，看看能否搜索到風仙子曾經出現的痕跡，並特別張大了耳朵，希望能注意

到他們最期待的風聲。

　　可惜，在附近仍然是
一點風聲也沒有。

　　就在大家邊屏息搜索邊前行時，突然
遠處傳來一陣陣羅賓鳥的叫聲。原來，不
知不覺間已經天亮了！每天破曉時分，羅
賓鳥都會發出響亮的叫聲，標誌新一天的
來臨；然後，就會唱出他們的首本名
曲，為整個魔法森林帶來充滿喜樂
的序樂。

羅賓鳥們愉快的歌聲，讓仙子們的心情漸漸好了過來，就連愛美的繃緊情緒也明顯緩和了不少。雖然森林裏仍然是悶熱無風，但羅賓鳥的歌聲果然有療癒心靈之效，為大家稍為降溫解憂，真不愧為魔法森林中的靈鳥！

不知道是否因為心情輕鬆了，讓大家的步履也變得輕快了。眨眼間，他們已看見前面一個小山丘，上面有幾棵松樹疏疏落落，在陽光照耀下，那裏金光閃閃。

沒錯！這裏就是尚草説他最後看見……不！正確來説，是他最後聽見風仙們聲音的地方。

不用多説，大家當然第一時間發出訊號，並進行大搜索，希望可以找到風仙子的下落，或是尋獲一些蛛絲馬跡，幫助解

開風仙子失蹤之謎。

可惜，事情又怎會這麼順利呢？

找了半天，整個森林仍然密不透風，就連天上的雲朵也只停留在一處，絲毫沒有什麼動靜。花后和花仙們只能看着她們的花瓣兒逐片變得暗黃，乾着急的，無計可施。

就在這個時候，忽然傳來了一陣「習習」聲，大家頓時眉目上揚，想看看是靈風、帥風，還是哪一位風仙來了？

眾仙子抬頭四處張望，原來那並不是什麼風仙子，而是羅賓鳥羅莉和她的小和音阿芙。她們遠遠看見大家一大清早浩浩蕩蕩地向着小山丘進發，也忍不住前來湊熱鬧。

羅賓鳥滿以為仙子們會驚

喜雀躍地跟她們打招呼，怎料大家竟投來了失望的眼神。「怎麼了？我們何時開始變得不再受歡迎的呢？」羅莉不禁歎氣說道。

石漢連忙安慰羅莉，並告訴她大家正四處急忙尋找風仙子解困，所以一聽到有什麼動靜，便以為風仙子出現了。至今仍然一無所獲，事與願違，大家都很疲累又失望。

說到「失望」二字，花后愛美滿肚子氣，憤怒地罵起來：「人家最需要風仙子們的時候，就連影都不見！我們快要熱死了！他們怎麼還不出來救救我們！」

羅莉聽後，才明白大家為何沒精打采

了。平日仙子總會跟她們打招呼，來個熱情擁抱的，如今大家都十分沮喪，原來是因為風仙不見了！

「咦？我知道！」羅莉腦袋一轉，向大家宣告自己最近曾經在希望樹上碰見過久違了的瀟風！

「瀟風？」大家驚訝萬分，異口同聲地說。

羅莉瞪着眼，神氣地說：「對！正是在魔法森林絕跡了很久的瀟風！」

這個消息讓大家不期然想起：自從石漢當了魔法森林的大王後，瀟風決定離開這個森林四處闖蕩的那一幕。當時，瀟風在空中翻着筋斗，笑着說要獨自前往其他

森林探索世界，增廣見聞，日後回來時會給仙子們帶來新奇有趣的好東西。說罷，他瀟灑地轉了幾個圈，轉眼就在大家面前消失了。自此以後，大家已很久很久沒有聽到瀟風的風聲了，差點兒忘記了他曾經是風仙中的表表者。

如今當大家一聽到「瀟風」這個名字，都忍不住好奇地豎起耳朵，要聽聽羅莉講述遇見瀟風的經過……

有一天，羅莉經過希望樹附近時，看到靈風好像在找什麼東西似的，於是她便好奇地悄悄跟着他看個究竟。

誰知樹上突然傳來了一陣笑聲，羅莉抬頭一看，竟發現很久沒有露面的瀟風！

　　當時，她心裏想：瀟風果然是瀟風，那麼久沒見，他依然瀟灑俊朗呢！羅莉決定不動聲色地在旁觀察，兩位風仙都沒有發現她。

　　靈風看見了瀟風，就二話不説飛撲前去。他們兩兄弟久別重逢，熱情地擁抱和説笑，很興奮呢！

　　愛美隨即急不及待向羅莉追問風仙子們的下落。只見羅莉聳聳肩説她也不清楚。當天靈風和瀟風談得入神，但説話的聲音

卻越來越小，羅莉只隱約聽到瀟風神神秘秘地說要帶靈風去看什麼似的，一轉眼，他們便消失了。

「消失了？」尚草好奇地問。

「沒錯，他們一陣風似的就不見蹤影了。」羅莉拍拍翅膀飛上樹梢向着遠處望過去。

「唉！說了半天，最後他們還是不見蹤影！」愛美非常失望，晦氣地說。

這也怪不了她，因為隨着時間接近中午，陽光越來越猛烈。現在沒有風仙的幫忙，花仙們長時間受到強烈的日照，實在是最受苦的。花后愛美眼看着自己逐漸凋零，就更是難以接受。

41

第五章　尋找線索

羅莉帶來的消息，既喜且悲，讓森林裏的仙子們漸漸變得沮喪了。

石俊不希望現時僅有的線索就此斷了，於是請羅莉幫忙努力再想清楚，看看會否還有什麼細節遺漏。

羅莉側側頭眼睛轉了轉，隨即開始努力細想。

只見她把頭扭放在右邊翼下，再扭放在左邊翼下，拍了拍翅膀，終於想到了一些零碎的話語，喃喃地說：「我好像聽到他們說什麼好神奇……在什麼樹下……」

石漢搭着石俊推敲了一會，他倆都認

為瀟風有可能真的帶了一些什麼神奇的東西回來魔法森林。

露珠仙子露娜接話說：「在什麼樹下……這會不會就在我看見靈風身影的棕樹林樹下？」

露露也來加入分析解謎，說：「那麼，會不會是瀟風要帶靈風去棕樹林找神奇的東西呢？那東西應該是可以吃的，因為尚草曾經聽見其他風仙子說他們在小山丘那裏搶着嘗嘗……」

這時，羅莉不禁拍翼讚歎起來，大家似乎已逐步將謎團解開。

花后愛美心急如焚，催促大家要快快找出那神奇東西，看看風仙們是否吃下了什麼，令他們突然之間銷聲匿跡。

露露隨即建議大家先在這山丘附近搜索一下，看看有沒有風仙們留下的痕跡，或是食物碎屑。

　　石漢大王點頭示意，隨着一聲令下，大家便動身四處尋找疑似神奇的食物。

　　仙子們抵着陽光和高溫，在山丘上上下下的地方都去進行大搜查。

　　大家心想：説來容易，卻不知道那所謂的「神奇食物」到底是什麼形狀、什麼顏色的呢？況且那只是大家拼湊一些線索得出來的

推測，不知道是否真的有什麼碎屑留下，更不知道這樣地氈式搜索有否成效。但既然來了，大家都盡力試試看。

結果，枯葉、乾泥就找到不少，什麼神奇食物碎屑就欠奉了！

當愛美正想大發雷霆，叫嚷一番以發洩情緒時，羅莉的小和音阿芙忽然在樹上尖叫起來：「看！大家快來看！那邊枯葉堆中好像有些不尋常的異動！」

「異動？」

尚草一個箭步走到阿芙指着的葉堆，

查看，疑惑地説：「異動？只是枯葉一堆，
有什麼異動？」阿芙飛起來拍着翅膀説：
「有異動，有異動！大家不要動，只用眼
睛靜心看着葉堆，便會看到了！」

於是，大家幾乎連呼吸也止着，瞪大

眼睛凝視着那枯乾了的落葉堆，那些褐色
帶灰白斑點、葉沿開始呈黑色。然而，過
了一陣子，大家還是看不出有什麼動靜，
就連小昆蟲也找不着，到底阿芙看見什麼
異動？

　　當大家準備再次轉頭望向在上空盤旋
的阿芙，一道陽光從樹上的葉縫中照來。
這時，尚草興奮地說：「我見到了！」大

家立時再回頭看着枯葉堆。原來，阿芙所說的異動，是指在枯葉堆下透出幾道非常細小的粉紅色光點，在陽光的照射下，那裏間歇地閃爍一兩下，假如不專注觀察，可不易察覺得到。

石漢好奇地探頭看看：「這些似乎是一點點粉紅色的粉末。」

露娜補充：「不錯，應該是粉末！但環顧四周都沒有什麼粉紅色的東西，這兒竟然出現這種粉紅色的粉末，這有可能就是風仙子們留下的神奇東西！」

當大家正在沉思時，石俊在一棵小杉

樹後大喊：「大發現！大發現！」

　　「什麼大發現？」大家一窩蜂趨前去看看石俊發現了什麼。原來是一片很細小、粉紅色塊狀的物體。這片粉紅色的物體帶有一些粉末，與枯葉堆的粉紅粉末看來是相同的，相信它們屬於同一種東西。可是，各仙子仍是摸不着頭腦，想不出那到底是什麼來的，因為這些線索實在太少了。大家只好繼續再去搜尋更多這類粉紅色的東西。

　　花仙子們對顏色方面特別敏感，對於她們來說，這種粉紅色實在前所未見，雖

然只是一小片，但已經非常引人注目。大家都在努力尋找這種粉紅色的碎片，希望可以拼湊出更清晰的答案。

可惜，事與願違。經過一番努力，整個小山丘每一個角落已被搜尋多遍了，但他們還是只得幾點粉紅色的粉末和一小片的碎片而已。

愛美緊張地說：「既然沒有什麼進展，我們還要在此費時耽誤下去嗎？看！我們面上的色彩已漸漸褪色了，快些給我找瀟風出來！」

石漢大王說：「花后愛美，稍安無躁，我們已掌握了一點線索，事情應該會慢慢清晰起來的，請忍耐、忍耐一下。」露露也來安慰說：「魔法森林的熱浪似乎已稍為穩定下來，相信大家慢慢開始習慣這種

狀況，只要不再升溫，我們應該可以支持住的。」

「既然大家在這裏已再找不到進一步的線索，我們不如先去棕樹林，看看在那裏能否找到瀟風帶給靈風的神奇東西，好嗎？」露露的建議打破了當刻這叫人懊惱的局面，大家頓時再次提起精神向着棕樹林進發。

第六章　神奇的小蘑菇

　　一路上依然一點風聲也沒有，大家就只有提高警覺，小心留意任何突然出現的動靜。

　　說時遲，那時快，他們已抵達棕樹林。一棵棵棕樹，有高有低的，一層一層，濃濃密密的樹蔭遮擋了不少陽光，這裏的氣溫明顯比之前低，給大家紓解不少悶熱。不消一刻，大家已很有默契地分頭細心觀察，看看是否能找到更多的線索。

　　經過來回反覆細看，大家似乎都看不見像在小山丘找到的粉紅色物體。

　　這時，露露突然悟出了一個關鍵，自言自語道：「可能是陽光！」

　　尚草緊接着說：「對！剛才我們在小

山丘上，是在陽光下
才能發現這些粉紅色東西的，這裏
幽暗密閉，所以我們找不着……」

　　話還沒說完，羅莉已請了其他的羅賓
鳥來幫忙，花后愛美抬頭問羅莉：「你們
大伙兒來湊熱鬧嗎？想看看我們花仙如何
醜下去？」石漢大王打圓場說：「他們又
怎會這麼想呢？我想羅賓鳥們一定是來幫
大家忙的。」

　　羅賓鳥們二話不說就飛得高高的，分
成了幾隻一組，分別將棕樹的葉子撥開，
讓陽光照進森林的地面。大家看到羅賓鳥
這麼團結地齊心合作，都紛紛讚歎不已，
既感動又感激。

當一束一束的陽光分別從各個方向照射進棕樹林時，奇妙的事情就發生了！

　　只見那些在樹下隱蔽處生長的小蘑菇當中，竟然夾雜了一些閃爍耀眼的粉紅色蘑菇！大家看得目瞪口呆！怎麼一些本身是棕色的蘑菇，在陽光照射下，一瞬間竟然變成了那種會閃閃發光、很搶眼，又前

所未見的粉紅色？
那些蘑菇面上還帶
有凸起的小白點，
真是太神奇了！

　　這些閃耀着的粉紅小蘑菇，難道就是
瀟風帶來的神奇東西？

大家看着這些小蘑菇，不期然心裏想：
實在太可愛、太吸引了！它們彷彿在對我
説話：「來吃我吧，我很美味的！」

　　正當大家都全神貫注地望着眼前的小
蘑菇，猶豫着是否吃一口試試看時，羅莉

大叫着：「看！我們找到風仙子們了！」
大家立刻回過神來，什麼？風仙子？終於
找到他們了嗎？

　　原來，風仙子們都躺在棕樹樹頂上懶
洋洋地曬日光浴！

第七章　傲慢的風仙子

看着眼前的情景，仙子們都感到驚訝不已，難以置信。

「當真嗎？他們全部都在這兒？」愛美氣煞，高聲喊道。「怎麼他們見死不救？對我們的呼喚充耳不聞？」

羅莉和羅賓鳥們找到了靈風、帥風，還有久違了的瀟風和其他一眾風仙子！只見風仙子們一副愛理不理的樣子，在樹上打着呵欠，伸着懶腰，跟平時爽快瀟灑的個性截然不同。瀟風知道被發現了，終於抵不住各仙子的吵鬧，一躍而下，跟大家打招呼，靈風和帥風也緊隨其後，湊湊熱鬧。

花后愛美等不到他們的開場白，便搶先說道：「這到底是什麼一回事？你們沒有聽見我們整夜的召喚嗎？我們快熱死了！你們怎麼不理不睬呢？」

　　石漢大王一方面喜見瀟風重返魔法森林，一方面又有很多疑問：為何風仙子們會這樣無視大家的請求？於是，他一臉複雜的表情，說：「瀟風！我真高興看見你回來了……可是，風仙們到底發生了什麼事？大家都很擔心你們呢！」

　　瀟風終於開口了！

　　「大家先別鬧着，我正準備向大家問個好，怎麼大家竟然這麼苦惱呢？難得相隔這麼久我才回來一趟，讓我們風仙兄弟們先好好共聚一番也是應該的吧！」

瀟風果然是瀟風，
說起話來仍然與從前一
樣氣度非凡，瀟灑直接。

　　在旁的靈風表示同
意並搭着瀟風的肩膊不
斷點頭。他請大家抬頭看看風仙子們，因
為瀟風的回歸，都高興得喜上「樹」梢了！
對於風仙子來說，真的沒有其他事情比瀟
風重返魔法森林更大件事。說罷，一眾風
仙子在樹上笑不攏嘴，笑聲此起彼落，好
不熱鬧。

　　愛美看見他們洋洋得意的模樣，就更
是氣上心頭，不禁情緒爆發，斥罵起來了：

「即使要聚舊，風仙子也不用躲起來不理大家死活！你有你熱鬧，大家就熱着鬧騰！」這下子蓋過了所有熱鬧的笑聲！

帥風冷笑一聲，回應說：「花后！你終於知道我們風仙對這森林的重要性吧！」

聽到風仙子輕佻的回應，一時間，花仙子們全都氣憤得花瓣也撐起來！

石漢大王恐怕這樣下去，風仙子和花仙子們吵起來一發不可收拾。於是，他立刻上前

勸解。他首先告訴帥風大家當然知道風仙子們非常重要，但在這森林裏其實不論哪種仙子都是同樣重要的，不分彼此。

靈風瞥了大王一眼，表示不大認同，沾沾自喜道：「石漢大王，你有所不知了。我們風仙子已是今時不同往日了，多謝瀟風大哥的好介紹，我們已經脫胎換骨，能力非凡，不再跟你們彼此彼此了！」

露露對於靈風突然變得如此傲慢，感到非常失望。因為她一直以為靈風是風仙子之中最平和、最友善的。到底瀟風的好介紹是什麼東西？他們竟然有這麼大的變化？

石俊轉個話題好奇地問：「瀟風，你的好介紹到底是什麼來的？難道就如你在離開森林時所説，要給我們帶來新奇有趣

的好東西嗎？」

　　瀟風大笑起來，想不到小石仙仍然記得他的臨別諾言。於是，他興奮地向大家宣布自己信守承諾，為摯愛的魔法森林帶來了前所未有的好東西。他能夠遇上這百年難得一見的神奇珍品，當然第一時間要先和一班風仙子分享。現在既然森林裏的其他仙子都齊集了，他決定要讓眾仙子大開眼界。這時，瀟風説得興起，飛身環繞了棕樹林一圈，颳起了一陣涼風。

第八章　風仙子的思想革新

　　久違了的涼風一到，大家都很想這陣涼意長久一點。

　　尚草一個不留神，被瀟風吹倒在一棵棕樹下，意外地一手抓着了兩顆發光的小

蘑菇。他好奇地問：「就是這些嗎？」

　　這時，瀟風立時一個轉身飛到尚草身旁，阻止他這樣粗魯地對待如此珍貴的寶貝。他小心翼翼地從尚草手中取了其中一顆小蘑菇，在各仙眼前繞了一圈，展示着這極其罕有的「神奇小蘑菇」。瀟風一再

強調，他走遍了大小不同的森林，在一次偶然的機會下，才遇見了這種小蘑菇，從此就對它們愛不釋手！

到底這些「神奇小蘑菇」，為何會這麼奇妙？難道它們的珍貴之處，就在於遇見陽光會變色和發亮嗎？

瀟風笑着說：「當然不只是這樣啦！不要看這些蘑菇小小的，它們的功效可非同凡響！只要吃一口你便能提升思考能力，開拓新視野，發現另一片新天地！」

「嘩！」大家的眼睛睜大了不知多少倍，齊聲歡道：「這麼神奇？」

靈風和一眾風仙子立刻昂首挺胸，擺出了一個神氣的姿勢，向大家證明自己正享受着這蛻變——他們的目光明亮了，思維多了一個角度、高了一個層次，簡直不

可言喻。

　　愛美眼見風仙子們飄飄然的模樣，對比自己在高溫下乾着急的煎熬，心裏就更感不是味兒，不禁高呼：「這樣厲害？那就應早一點來伸出援手啦！」

　　帥風搧了兩陣風給花后，然後對她說：「愛美！我勸你不要再這樣倚賴我們了。為什麼我們總要聽從你們的召喚？大家真的以為我們風仙必須要為大家服務的嗎？」

　　靈風一躍，跳上了一棵矮小的棕樹頂，然後躺下身子，雙手枕在腦後說：「這幾天我們開始思考，終於給我們想通了！

我們風仙子與生俱來就是自由自在的一羣，不受束縛，不受限制的。我們根本就和大家截然不同，不！應該說是你們根本不能與我們相比！」

說着，靈風再轉個身飛到另一枝樹椏上，繼續說道：「事實上，論智慧或任何方面，我們都比大家優勝。所以，你們以後不要再費勁呼喚我們了。我們喜歡的話，或會給你們吹一兩口涼風，但是絕不由你們去指揮，隨傳隨到！要不是我們這次對你們不理不睬，你就永遠不知道我們的重要，也只會認為我們風仙給你們的涼風是理所當然的！」

靈風這番話就好像在利箭般，一枝一枝的刺進所有仙子的身上，大家打從心裏傷痛出來，比起悶熱的煎熬更為難受！

相反，瀟風和其他風仙子都不禁鼓掌，表示對靈風的宣告全都認同，他們還發出了一股令大家極為不安的傲氣！原來，他這番話就正是其他風仙子們，吃過那些神奇的粉紅蘑菇後，同樣領悟出來的道理！

靈風一口氣講出了自己的新想法後，頓時覺得自己更瀟灑、更自在。

石漢大王搖着頭歎氣說：「靈風，你們怎可以有這樣的想法呢？魔法森林從來就是大家不分彼此，互愛互諒，一起生活

71

的地方，各仙子都有自己所長，根本就沒有誰比誰更重要、更優勝這回事。大家有需要時，我們都會自動自覺幫忙，又怎算得上指揮你們呢？」

瀟風對着石漢大王搖着頭說：「石漢！算了吧！你們的思維沒有得到革新，難怪你們是不會明白的。不如你也來試一口……」瀟風一邊說，一邊把手中的小蘑菇遞給石漢，然後便轉身和其他風仙一起離開了棕樹林。

眾仙子本以為找到風仙子就可以解決問題，誰知問題不但沒有解決，反而帶來更多的問題。大家都在想，難道風仙子所言非虛？大家是否真的需要思想上的革新？

從另一角度思考一些從來未想過的問題？因為無知，所以不知道一直所相信的是否繼續可信？

石漢看了看瀟風留下給他的小蘑菇——隨着太陽下了山，小蘑菇在一瞬間又變回平常可見的棕色了。要吃，還是不吃？石漢也無暇去想，單是要面對風仙們的轉變和控訴，已叫他不知所措了。

接下來，還有一連串的問題即將發生，此刻的石漢大王還是茫無頭緒呢！

問題？

多着呢！

第九章　草仙子的不滿

　　隨着風仙子們的離開，仙子們再次求救無門了。花仙子們首當其衝，當然是最受影響的。此時，森林裏氣温悶熱的問題不但仍未能解決，怎料還出了其他狀況！

原來，尚草和其他的草仙們發現了神奇的粉紅蘑菇後，抵擋不住它的吸引力，趁大家不留意，早已偷偷地吃了！

　　現在他們都急忙地返回自己的大本營，開始要進行思維升級進化。

　　經過一整天的折騰，花后愛美和一眾花仙子也只能無奈地繼續抵着高溫，小心翼翼地保護着自己身上尚未完全枯乾的花

瓣兒，一小步、一小步地離開這個令她們徹底失望的棕樹林。而石仙子和露珠仙子也唯有帶着大惑不解的心情陸續散去。

羅賓鳥們本以為可以為大家幫上點忙，但最終只見大家垂頭喪氣的模樣，實在愛莫能助。她們想了想，總算有了些打算。

到底是什麼打算？即管猜猜看。

仙子們都累透了，對他們來説，這個晚上時間仿如眨眼就過了。然而，對花仙子來説，實在是倍感漫長，挺難過的。

另一邊廂，尚草和草仙子們也經歷了一個滿腦子思潮起伏的晚上。他們不停地在思考着……

　　思考着什麼？

　　他們越想越不快，越想越替自己不值，越想越覺得「大件事」！

　　什麼大件事？

　　尚草向眾草仙們首先發言：「這個小蘑菇果真厲害！我終於醒悟了！我們草仙是魔法森林裏最微小的，大王嘴裏常說什

麼森林是屬於大家的，說來好聽，但事實上，我們從來都不被重視！看！其他仙子都有各有特長——石仙子威力強大，他們的堅實，穩住了整個森林；花仙子的色彩無與倫比，花香四溢，是森林的彩繪師；露珠仙子為大地帶來清新氣味，以她們獨有的魔法滋潤和洗滌森林裏的每一寸土地，地位超然；風仙子就更不在話下，他們聰敏瀟灑，掌控

着森林空氣的流動、溫
度的調節。而我們就只是
一輩左搖右擺，幼小、卑微得可
憐的草……」

　　說到這裏，所有草仙都點着頭、皺着
眉回應道：「我們整晚都這樣想，原來我
們就是這樣微不足道！」

　　賢草也忍不住回應，說：「論強壯有
力，我們遠不及石仙子；論外貌香氣，又
不及花仙子；論造福森林，我們一無是處，
怎也比不上露珠仙子；論才情橫溢，風仙

的影響力大家都有目共睹；我們就連羅賓鳥都不如，至少她們會飛會唱，而我們就只會跳和翻筋斗。」

「唉！」大家不禁大大的歎了一聲。

尚草把自己的身子拉得長長的，憂愁地說：「打從一開始，我們就已注定是最沒用的了！現在想想才明白。別人都是這樣說的：『草草了事』、『草根階層』、『草莽流寇』、『草率行事』、『草菅人命』，大部分與『草』相關的，都沒有好事！」

說罷，尚草和草仙們的怨氣竟然把整個森林都籠罩起來了！

森林裏其他仙子，從遠處也可聽到他

們的說話內容，感到一陣
莫名的傷感，還混和沮喪和失望的滋味，
叫大家都受不了。

　　大家心裏想：怎麼平日蹦蹦跳跳，幽
默愛玩、愛笑的草仙子們突然間變得悲從
中來，充滿了負面情緒呢？

　　就因為他們吃了那些神奇的小蘑菇？

　　這就是所謂的思維進化？

　　太可怕了吧！

　　石漢大王二話不說，趕緊前來勸草仙
停止悲觀的想法，安慰他們說：「尚草、
賢草！請停止這種想法！事情並不如你們
想像的，你們是這個森林十分重要的一分

子，大家從來也沒有小看你們啊！」

尚草一手推開大王，說：「石漢，不要再說了，我們終於知道真相了，不用再以為我們會像從前一樣無知，現在我們已看清楚，並知道自己的情況，原來是那麼不堪的。既然沒大作為，也就不用理會我們了！」

石俊見狀，急忙地來幫忙勸解，但還未開口，草仙們就已經消失了。

這是怎麼一回事呀？

先是風，然後是草，他們都消失於無形。風仙越想越驕傲，草仙就越想越自卑，兩走極端，絕塵而去？

石漢心裏發愁，石俊就心知不妙。大家都不知如何應對。

第十章　森林裏的騷動

就在這時，突然聽到花仙們大吵大鬧的聲音！

熱透的花仙一定心情惡劣吧！

原來……

又豈止如此！

石漢帶着石仙子們來找花后愛美，準備告訴她有關草仙的狀況，想請花仙們冷靜忍耐。甫到達時，露露、露娜和眾露珠仙子也趕到了。

本以為花仙子們都在鬧情緒，誰知她們竟然在互相推撞、拉扯！花后愛美憤怒地一邊指罵，一邊和恬兒打成一團！

眼前的場面，讓大家驚訝不已。石漢和一眾石仙子為免自己身上堅硬尖利的石

子會弄傷花仙子，他們都不敢多動，只能在旁緊張地勸架。大家都不能相信眼前的是一向天生麗質、儀態萬千的花仙！從沒想到她們竟會史無前例地大打出手，實在令大家不知所措！

說時遲那時快，露露不顧一切、毫不猶疑地擠到花后和恬兒中間，攔阻她們繼

續互相傷害。好不容易，集合露珠仙子們的力量，終於把花仙們的亂象稍為平定下來。

露露一邊哄着愛美，一邊問道：「請冷靜一點，為什麼大家要這樣傷害對方？到底發生了什麼誤會？」

愛美怒視着恬兒說：「你來問她！她

竟然在其他花仙面前説我醜！枉我平日對她愛護有加，原來她這麼嫉妒我！」

恬兒不忿地還擊，提高聲量説：「我就是覺得她醜，愛美的醜是從內心醜出來的，即使外表擺着怎樣優美的姿態，內在美完全欠奉！心胸狹窄又自我中心，從不允許其他仙子比她美！」

花仙子們各有支持愛美和恬兒的，她們分成了兩個陣形，又開始對罵。

露露正想阻止花仙子們，為他們降溫，但卻忽然發覺自己身上的水珠出現了一些奇怪的現象——一些小水珠分別從身體不同部位慢慢地結合，並流到露露的掌心，形成一個如掌心般大的半球體水珠。

記得上一次出現這情況是在棕樹林找

到風仙們的時候，但當時因為所有事情都
來得非常突然，所以露露無暇特別注意身
體的狀況，而那水珠球也不知在何時消失
了。

　　如今這種現象又再次出現，
這次露露立刻停下來看
看那在手裏凝在一
起的水珠球，
打開手掌，

一看之下大吃一驚！

在那水珠球中，正正反映了目前的情況，就好像將現場的景況投射在水珠上。但奇怪的是，所有在旁的仙子，包括露珠仙和石仙，他們都是彩色的，唯有花仙們身上都被一縷灰黑色的煙雲環繞着，雖然還可隱約看見她們的樣貌，

但就看不見她們身上原本的顏色。

露露頓時打了個顫，感到毛骨悚然。

眼前所見的，簡直不能置信，她急忙給露娜和石漢大王看。石漢一看，立時屏息咋舌，還未及反應，那水珠球瞬間就好像被熱氣蒸發了，在他們眼前又變回一小點、一小點的水珠，最後消失了。

露露和石漢交換了眼神，知道事情大大不妙。花仙們就像中了魔咒似的，露露和大王便立刻分別拉開愛美和恬兒，止住了她們的爭拗。石漢更使出他的勁，踏地一聲，震懾了在場的仙子，阻止大家進一步的互相傷害。他請大家稍安無躁，不要再吵、更不要再動手動腳！在大家熟悉的魔法森林內，從來都不會這麼互相計較的，為什麼會突然性情大變？露露一臉懷疑地

問：「你們是否也吃了那些蘑菇？」

　　愛美整理一下自己在打鬧中破損了的花瓣，一臉不屑地說：「難道我吃了什麼也要向你們報告嗎？這是什麼新規矩？」

　　石俊看着花后，再看看其他花仙，回應說：「那即是說你們都吃了？思維都進化了？」

　　原來，愛美覺得這樣神奇又美麗的蘑菇，當然只有最美的仙子才配擁有，美麗與智慧結合，就可以解決任何問題，何況她們的問題，已是火燒眉毛，刻不容緩了，所以便順理成章吃了一顆小蘑菇，看看結果。誰知當她和恬兒們分享，竟然換來惡言對待。

　　可是，恬兒的說法卻是截然不同。當恬兒找到了蘑菇給愛美，卻發現愛美偷偷

私下吃了，還假裝沒有吃到。於是，她向其他花仙子揭發愛美的自私行為，並控訴說：「你給我們分享？那些蘑菇是我先找到的！如果不是我們也吃了，真不敢想像你會怎樣假裝大方下去。而我們就仍然糊里糊塗，以為美麗只是你獨有的專利！」

「大家看清楚吧！這個恬兒就是從骨子裏嫉妒我！」花后説。

「好了！好了！」石漢心煩地道：「大家不要再為美與不美爭吵下去了，我相信這種所謂神奇的粉紅蘑菇不是好東西⋯⋯」

愛美和恬兒齊聲反駁説：「什麼？它當然是超級好東西！對你們其貌不揚、頭

腦簡單的石仙子來說，根本就不會明白什麼是美、什麼是智慧！」說罷，她倆對望了一眼，驚訝大家竟然在這個話題上是如此一致。

之後，兩批花仙各走一個方向，拂袖離開了。

石漢苦笑搖頭說：「又是這樣，想通了，還是想壞了？」

第十一章　勇敢無私的石仙子

現在似乎只有石仙子和露珠仙子沒有吃過那些神奇蘑菇，他們也應該嘗嘗嗎？究竟是沒吃的仙子思想太狹隘、太簡單，還是吃過的仙子思想出現了毛病？

就在這時候，石俊對石漢說：「大王，不如由我來試試看！請把當天瀟風給你的那顆蘑菇，讓我吃下，證實一下到底是怎麼一回事。」

石漢一口拒絕了，因為他怕石俊吃後也會變得像其他吃過蘑菇的仙子一般，思

想變得負面、可怕。

　　但石俊力勸石漢大王，魔法森林現在變成這樣，大家總得想個法子幫個忙。

　　石俊知道大王關心他，但他更希望為大家出一分力，正所謂知己知彼，他認為如果他能親身體驗一下風仙、草仙、花仙們的經歷，或者可以想出解救的辦法。況且靈風說過，神奇蘑菇可以啟發出另一個角度、層次的思考，或者這樣能找到一些突破點呢！

　　於是，石俊一再請求石漢讓他為大家試一試。

露露雖然不贊同，但也被石俊的誠意感動，說：「如果石俊你吃過後也變得傲慢、自卑或充滿敵意，那麼我們應該怎辦呢？」

石俊沉思了一會說：「好問題……如果我真的變得充滿負能量，就請你盡力勸我再思考如何自救，或索性把我逐出森林吧！」

石俊補充說：「不過，在思考過程中，我會盡量提醒自己保持思想正面，維持我一貫的作風。」

石漢懷疑地說：「你真的可以抑制壞念頭？風仙、草仙和花仙子們都辦不到啊！」石俊說：「可能因為他們根本沒有想到要防備，或要抑制呢？」

露露點頭說：「這也是道理。」

石漢大王雖然仍有擔憂，但看見石俊苦苦請求，終於也從口袋裏拿出了小蘑菇。石俊為免大王後悔，一手就把蘑菇放進口裏嘴嚼並吞下了。

之後，會發生什麼事呢？

大家都等待着……全神貫注、目不轉睛地盯着石俊，想看看他進入思維革新的變化……

　　石俊找個角落閉着眼睛坐下來，靜候變化的來臨。

　　等了等……

　　等了再等……

　　似乎沒什麼反應，只見石俊好像睡着了，睡得正甜，嘴角還微微向上揚，好像很快樂似的。

　　怎麼樣？

　　要等多久？

　　大家越等越着急，心裏都盤算着，一旦石俊的情緒或性格變差了應如何應對，怎樣勸他重新思考，怎樣……怎樣……各種的可能性，各種對策。

仙子們都像熱鍋上的螞蟻。天氣已經夠悶熱了，現在內心忐忑，身體變得更滾燙，內外夾攻，真是難受得透不過氣來。

　　究竟石俊會思考到什麼呢？他現在到達了什麼思想境地呢？他正在處身於哪個角度、哪個層次呢？單從他合上眼睛，根本找不到什麼線索，況且石仙子的臉，本身就沒有多大的表情可以表達，這真是叫大家着急啊！

　　大家都在想：石俊平日那麼善良可愛，在石仙中算得上是最會動腦筋的一位。這次他願意為魔法森林作出犧牲，上天應該會給他多點眷顧吧。

　　否則……真是不堪設想。

　　等了很久，還是沒什麼動靜。

　　大家唯有靜靜地守候在旁，繼續等。

　　等了一整個晚上。

　　不知不覺，大家忽然被羅賓鳥的歌聲喚醒，原來已經天亮了。

　　大家當然第一時間去看看石俊的變化。只見石俊伸了伸懶腰，終於也醒過來了。

　　「怎麼了？你有得到什麼領會嗎？」大家都問。

　　石俊清了清喉嚨對大家說：「各位早安！」

大家不敢給他反應。

石俊繼續說：「各位早安，我已經充滿力量了！」

石漢大王憂心戚戚地問：「石俊，你可好嘛？有沒有被新思維衝擊？」

石俊回答說：「可能這兩天太多事情發生，都睡得不好，但昨晚，我真的完全進入的休息狀態，睡得特別好。」

露露好奇地問石俊：「你的思維有革新嗎？有沒有經歷什麼進化？」

石俊摸着腦袋：「說來也奇怪，我本

來就是集中精神，準備進入思維變革的過程，但不知怎地不受控制地就睡着了，還夢見石漢大王你在唱歌。」

石漢驚訝地說：「什麼？我唱歌？我沒有唱歌啊！」

石俊打趣說：「大王，所以我說在夢中見你唱歌。讓我告訴你，你在唱男高音，很有趣、很好笑的。」

露娜說：「怪不得我們看見你睡着也在微笑！」

「那麼除了這個夢，你昨晚有沒有經歷什麼思想上的變化呢？」露露追問道。

石俊抓抓頭上僅餘的幾條小毛髮說：「真的似乎沒什麼變化，我相信我根本沒有動過腦筋。我只是睡了一頓很舒服的覺，現在更覺精神奕奕。」

石漢皺着眉頭，說：「那就奇怪，都是吃了神奇蘑菇，為什麼你並沒有像其他仙子那樣出現思維進化呢？」

石俊搖搖頭，他也不知何解。

第十二章　來自羅賓鳥的消息

　　經過一整個晚上焦急的等待和試驗，仙子們卻仍然茫無頭緒。

　　就在這時，羅莉飛來跟大家說早安，還要帶給大家一個重要訊息。

記得當天羅賓鳥臨離開棕樹林時，有一個打算嗎？原來，他們靜靜地從各個森林裏召集了不同的雀鳥，來幫忙尋找風仙子的行蹤。

　　羅莉終於獲得可靠消息，發現風仙子們隱藏在森林一個小瀑布旁的山谷中。由於那兒是通往人類地域的邊界，魔法森林的仙子都不會在那裏出沒，免得被人類發現。所以，根本不會想到風仙們竟會在那裏聚集。

於是，石漢、石俊、露露和露娜商量了片刻，決定不宜大伙兒前往山谷，以策安全。

大家同意由石漢、石俊和露露去山谷找風仙，而羅莉、露娜就跟其他石仙和露珠仙子分頭去搜尋草仙和花仙的去向。雖然不知道找到他們又如何，但也總比坐以待斃好。

一、二、三，大家都出發了！

一路上，石漢和露露特別留意石俊的一舉一動，準備隨時應對石俊出現的任何異常變化。

最後，他們終於到達了小瀑布，由於不想被風仙子們發現，所以他們格外小心，靜悄悄地躲在幾束矮

叢中間，屏息等待風仙的出現。

另一邊廂，羅賓鳥和露娜就在森林四處搜索，看看能否找到草仙和花仙。

不久，他們終於發現原來草仙們躲在他們的大本營無所事事，情緒低落地擠在一起歎息。而花仙則各佔一個山頭，抵着高溫，正在發脾氣；她們身上的花瓣已凋謝得七七八八，加上惡毒的心思和言語，令她們都變得越來越醜。

當中花后愛美的容貌變化最嚴重，身上沒有了彩色美豔的花瓣，換來一罩烏黑黑的外袍，樣子也變得猙獰可怕。她因為不甘心自己不再美麗，決定要離開魔法森林，尋找回復美麗的方法。她決意要挽回自己一直以來擁有的超然地

位，享受眾仙給她投下的豔羨目光，最後，
她獨個兒離開了森林。

話說回來，在小瀑布旁邊，當石漢、
石俊和露露不發一言等待的時候……

露露突然又開始感覺到身體的變化：
她身上的水珠開始緩慢地一滴一滴的朝着
手掌方向流去。這次
身體的變化感覺非
常明顯，可能

在等候期間，沒有任何騷擾，只靜靜專注，所以感覺特別清晰。

當露露身上的水珠逐一連結成小水珠球，那水珠球在她的掌心亦漸漸變大時，一陣風在面前吹起了矮叢的葉梢，傳來一陣沙沙聲。

第十三章　與別不同的風仙子

風仙子們終於現身了！

終於，只見他們一時穿插在瀑布中，一時又在山谷中故意弄出一些怪怪的回聲，玩得投入。這時，露露手中的水珠球已穩定成形了，她不動聲色地看着那水珠球，一看之下，發現一個她也無法解釋的情景。

露露發現水珠球裏看到的風仙子，包括瀟風、帥風和靈風，正如她所料，他們全都被灰黑色煙雲圍繞着，而石漢、石俊和她自己還是顏色正常。

　　令她無法解釋的是，這些風仙子當中只有一個身上沒有被灰黑煙雲環繞，在水珠球上見到的那位風仙子和現場所見到的一模一樣，他身上的顏色正是風仙一貫的藍色和銀色，披在肩上的長領帶有時看上去是銀色、有時是透明的。

　　露露仔細看了兩遍，終於認出那風仙子是誰。

　　他是風仙中最膽小的阿也，平時他都排在風仙子大隊最後的位置。他的風力不算大，個性比較怕事，而且動作慢，做事很「漏氣」，但他非常貪玩。他有個口頭禪：

「哎吔」，真是名符其實的「阿也」。

不消一刻，露露手中的水珠球又分成了很多小水珠，陸陸續續蒸發消散了。

露露給石漢和石俊打了個眼色。風仙們轉到附近的山洞時，剩下阿也獨自在瀑布中玩耍。只見他一時把從高處瀉下來打在水面上濺起的水花，吹得左搖右擺，好

像在瀑布上寫字、畫畫般；一時又在水面上吹出一個小旋渦，自己在旋渦上一邊吹一邊團團轉，快樂得很。

由於太投入，阿也並沒有留意到其他風仙已經往山洞去了，更沒有留意露露、石漢和石俊逐漸包圍了他。

當他發現自己已被包圍，又看看其他

同伴已不見了，第一時間當然就是説：「哎吔！」

阿也紅着臉不好意思地説：「大王你們好！你們怎麼會在這裏出現呢？」阿也當時真的不知所措，心跳加速，唯有隨便説上一句簡單的問好，以求趕快脱身離開。

誰知大王一手拖着他，希望探聽一下風聲。

可是，阿也只支吾以對，說瀟風們已經說得非常清楚，況且他在風仙中只是小角色，沒有什麼可以補充。露露不肯放過這個難得機會，繼續挽留阿也，請求他幫忙。

阿也回應說：「哎吔！怎敢。不用太客氣了吧！」

露露笑着說：「真好！那我們就不客氣了！我想問問你有否吃過那些神奇蘑菇？」

這個問題讓阿也嚇了一跳，他立時瞪大了眼睛，大家都知道風仙子們全部都吃了瀟風帶回來的神奇蘑菇，怎麼還來問呢？

「因為你與別不同。」露露斬釘截鐵地說。

「不同？哎吔！」阿也驚訝地左顧右盼，看看附近是否還有其他仙子，尤其是風仙。然後，他示意露露、石漢和石俊離開小瀑布，去一處較隱蔽、寧靜的地方再詳談。

阿也轉過身子，神情帶點閃縮地問露露，到底是怎麼看得出他有所不同。而露

露則鍥而不捨地要阿也回答是否真的吃了那些粉紅蘑菇。

阿也不耐煩地說：「哎吔，我不是說所有風仙都吃了嗎？」

露露想了想，換個問題：「那麼你有經歷思維上的進化嗎？」

阿也吞吞吐吐地說：「哎吔，什麼進化？我不知道啊！」

那就奇怪了，風仙們不是在思想上有了新體會，新領悟嗎？難道……難道阿也和石俊一樣，雖然吃了神奇蘑菇，但卻「神奇地」一點兒也沒有發生什麼變化？

第十四章　神奇蘑菇的秘密

阿也發現原來石俊和他一樣遇上同樣狀況，臉部繃緊的肌肉頓時舒緩，輕聲說：「你也和我一樣？我還以為我是唯一一個吃了那些蘑菇也沒法改進的失靈仙子，哎吔……原來你也是同病相憐。哎吔、哎吔！」

石漢說：「同病相憐？你們這算是有病嗎？我倒覺得這是有福才對。」

露露嚴肅地請阿也仔細回想，他吃下神奇粉紅蘑菇的情況，當時還有什麼事情發生。因為大家都很想知道他和石俊有什麼共通點，為何吃了蘑菇卻沒有發生變化。

阿也摸摸自己臉龐，再看看石俊，微

笑道：「共通點？可能是我們都比較的英俊吧！哎吔，哎吔！」

露露沒好氣地説：「別開玩笑了。快想想吧！」

阿也一本正經地想着，努力地慢慢回憶起大家興高采烈地爭相吃下神奇蘑菇的情景，當時他自己也跟着拿了一顆可愛的蘑菇，它真的會變色，新奇好玩極了！

阿也還好奇地把小蘑菇放在手裏研究，拋高、放低，翻轉看看，一直在把玩，竟忘了時間。當聽見瀟風和帥風在呼喚時，他才趕緊把小蘑菇放進口裏。由於吃得太急，連味道也沒嘗清楚便吞下去了，事情就是這樣。

阿也補充説：「最神奇的地方在於我的思維一點也沒有革新，但為免大家掃

興，我便繼續跟着風仙子大隊一起曬日光浴、一起懶洋洋、一起躲在山谷中，『哎吔』一番。」

露露仔細想像阿也所描述的情境，突
然靈機一觸，追問阿也當時他把蘑菇放進
嘴裏的那一刻，那蘑菇是什麼顏色的，它
是否還是那閃亮的粉紅色？因為這種蘑菇
會變色的，大家在棕樹林那天也親眼見識
過了，可能它的顏色就是問題的關鍵。

阿也閉上眼睛想了良久,努力把當日的情況逐格重溫,最後,他肯定地說:「哎吔!當時我吃的蘑菇應該不是粉紅色的。」

石漢對阿也說:「你真的清楚記得它的顏色嗎?」

露露想證實自己的推斷,於是請阿也再仔細想清楚。

「對!我當時在手中把玩着那顆小蘑菇,首先放在陽光下欣賞它那耀眼又奇特的粉紅色,然後又合上手使它變回普普通通的棕色,就是這樣一開一合,它變色的能力也超快啊!我玩得不知有多開心,哎吔,突然聽到大哥們呼喚了,我便不理三七二十一,極速把它吃下。現在回想起來,我最後的動作是合着手的,所以當時蘑菇應該不是粉紅色的。」

「那就對了！」露露感歎説：「昨晚石俊吃的蘑菇也不是粉紅色的！」

石漢好奇地問：「當時你已留意到這一點嗎？」

「沒有。」露露解釋她的推測，當時太陽已下山，而且那蘑菇是從石漢大王的口袋裏拿出來的。在沒有陽光照射下，那麼蘑菇自然不會是粉紅色的。

石俊恍然大悟：記得大王把蘑菇拿出來的那一刻，他生怕大王心軟，改變主意，便一手奪過那蘑菇放進口中。當時瞥眼看到它不是閃亮的，也不是粉紅色的。

「如此看來，你倆的共通點，就是你們吃了沒有變成粉紅色的蘑菇，即是説神奇蘑菇不是閃亮粉紅色的時候就不神奇！」露露總結她的推論説。

石漢聽了露露的分析，不停拍手讚歎。

阿也對於露露不用吃神奇粉紅蘑菇，也能有這樣精密的頭腦，深表佩服，不禁豎起拇指讚歎：「哎吧！哎吧！真厲害！」

石俊隨即放下心頭大石，不用再時刻
準備抑制思維進化時所出現的壞念頭。

露露拍拍阿也的肩膊說：「阿也，現

在森林很需要你的幫忙，你願意為我們這森林幹大事嗎？」

阿也退後一步說：「哎吔，我？大事？大家都知我膽小、做事又慢半拍，我何來本領幫忙呢？」

石漢大王拍拍阿也另一個肩膊說：「阿也，你真的忍心看着我們的森林四分五裂，仙子們各走各路嗎？」

石俊雙手拍拍阿也的肩膊說：「來！我們需要你，魔法森林需要你！」

阿也紅着臉回應：「哎吔，哎吔，你們這樣看得起我，實在太感動！太不好意思了！有什麼吩咐，就請告訴我吧！

我會盡力為大家服務的！哎吔，哎吔！」

露露高興地說：「好！由現在開始，我們一起拯救森林，撥亂反正吧！」

他們四個志氣高昂地高呼：「哎吔！齊心事必成！」

露露說：「好！我有個想法。當神奇蘑菇不是閃亮的粉紅色時候，它會不會是拯救森林的解藥呢？」

阿也和兩位石仙異口同聲說：「解藥？那就確實是神奇蘑菇了！」

「不過，這只是我的假設，還需要證實才行。」

石俊腦筋一轉道：「那麼我們要找那些吃了神奇粉紅蘑菇的仙子來嘗一下，不如先去找露娜，看看她們有什麼消息。」

於是，大家便迅速行動。

第十五章　拯救魔法森林

仙子們終於齊心團結起來。

阿也第一時間找到了露娜和羅賓鳥，還知道他們已尋到草仙和花仙們的下落。接着，他們就展開拯救森林的大計！

首先，他們到棕樹林收集那些神奇蘑菇。阿也和羅賓鳥分別負責吹動和撥開樹葉，好讓陽光照出閃亮的粉紅色蘑菇。然後，他們把這些神奇蘑菇全部放進口袋裏密封，防止陽光照射。果然，它們逐一變成了棕色、平平無奇的小蘑菇。

之後，大家再到草仙子那裏找尚草和賢草，嘗試勸導他們別再那麼悲觀。

石俊為了説服草仙們，絕非如他們想像般一無是處，他搜羅了一些關於草的好

句子和好點子，安慰他們。

大家猜猜石俊找到了什麼？

他對草仙們說：「尚草、賢草，其實你們擁有很多讓我們都羨慕的優點，簡單如你們常做的拉筋、翻騰、打筋斗的靈活動作，對我們石仙來說，就是做夢也辦不到的。說到柔韌靈巧，所有仙子們都遠遠不及呢！別人也常讚歎你們的生命力：『野火燒不盡，春風吹又生』；你們的堅毅不屈、逆境自強，人們也會欣賞說：『疾風知勁草』。」

尚草、賢草聽着石俊的話，仍帶點懷疑，問道：「真的嗎？怎麼我們沒想到？」

石俊接着説：「你們有所不知，在人類的世界，他們也會欣賞草的特質，用作比喻。例如，學校裏最英俊的男生會被稱為『校草』呢！『香草』更代表人才！而成語『十步香草』是指處處有人才啊！」

「嘩！」草仙們聽罷，都驚訝得張口結舌，驚歎這些大發現。

「對！所以你們不要再妄自菲薄，自卑自憐下去，這樣對你們一點也沒有好處。」石漢大王説。

「你們不妨互相看看，大家昔日的笑臉都變成了愁眉苦臉，那又何苦呢？」

露露拿出一顆變回棕色的神奇蘑菇，請尚草吃下去，看看是否可以讓他的思想變回以往的正面、樂觀。

石俊看見尚草猶豫了一陣子，連忙告訴他，大家實在非常盼望草仙能回復愛笑愛玩的個性。藉着石俊這樣的肯定與支持，尚草本着試試無妨的心態，合上眼睛，張開了口。露露見狀，便立刻把那顆沒有變成耀眼粉紅色的蘑菇放進尚草口中。

不消一會，神奇的事情發生了！

尚草突然升上半空，變大了幾倍，膨脹得快要爆開似的！大家擔心地看着他在半空中盤旋翻滾，不知如何是好……

轉瞬間，尚草就突然急速墜下變回原本大小，臉上再次重現他那可愛的笑臉！

「爽呀！」尚草一着地，笑着說。

石俊和石漢見尚草平安着地，忍不住上前抱着搜着他。尚草隨即高興得彈跳起來，還即席表演他的看家本領——拉筋。

沒多久，只見尚草把四肢一直伸長，然後還「啪」的一聲把四肢彈回來。他說：「看來，我尚草也絕不是一無所長吧！哈哈！哈哈！」

　　大家看到尚草回復了以往的開朗模樣，都非常興奮。這就證明了當神奇蘑菇在沒有陽光照射下，沒有變成粉紅色時，它就是對付壞念頭的解藥。

　　隨着尚草起了變化，露露手掌上又重新形成一顆水珠球。

　　這時，露露忍不住邀請尚草來看看。

　　尚草一看之後，大吃一驚！發現原來除了自己外，其他的草仙都被一股灰黑煙雲重重圍繞着！

他嚇得驚慌失措，跌在地上，動彈不得，呆住了說：「我們應該是中了魔咒！」

露露安慰他說：「所以我們正在想辦法幫你們解除魔咒。幸好，你的試驗是成功的！」

「即是說當神奇蘑菇是粉紅色的時候，大家吃了它就會被歪念頭纏身；當神奇蘑菇不再粉紅時，就是解咒良藥！亦正亦邪，果然神奇！」石俊總結說。

「可惜……」露露接着說：「我們還有一些未解決的難題。」

第十六章　仙子們集思廣益

　　仙子們努力地採集神奇蘑菇，但是，他們找到的蘑菇數量，根本不足以供給所有出現問題的仙子吃。到底他們要怎麼做？難道只解救某些仙子，放棄部份仙子，由他們帶着歪念頭過活？

　　即使大家現在知道怎樣解除魔咒，風仙子、花仙子和其餘的草仙子也未必會相

信他們，吃下這些解咒蘑菇。

　　想呀想，越想越不知怎樣好。尚草眼見賢草和其他草仙被灰黑煙雲濃濃罩着，實在擔心極了。他建議說：「不如把這些蘑菇磨成粉末，我們試用少許分量，看看能否仍有解咒的功效？以我和賢草的交情，他一定會聽我的。」

　　既然無計可施，這個方法也未嘗不可。

　　露露就按計劃進行，當那些蘑菇變回棕色時，由石仙子負責把它們磨成粉末，嘗試是否能用較少的分量，也能幫助仙子們的思維回復正常。

尚草就負責勸賢草試試看。他說：「賢草，我剛才吃了沒變色的神奇蘑菇，竟然拾回了笑容，也重拾了不少自信心，現在感覺超好！從來也沒有這麼喜歡自己！你也來試一試，或許你也會和我一樣體驗到煥然一新！」

　　賢草拿不定主意，左顧右盼，神情閃縮地把一小撮菇粉放進口中吞下。

　　接着，賢草就如尚草先前的經歷般，升上半空、變大、翻滾，最後急速墜下，不同的是他最後以「一字馬」的動作着地。賢草深深吸了一口氣，大笑道：「我想通了！我的價值在於我就是我！因為我夠獨特！」

　　「哎吔！」阿也看着露露掌心的水珠球，拍掌說：「賢草，你沒事了！黑灰煙

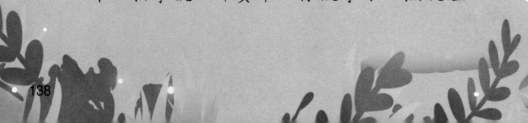

138

雲不見了！」

　　雖然賢草不明白阿也說的是什麼，但他現在覺得無比輕鬆自在，就好像找回從前的自己，很滿意呢。

　　露露也很滿意這個結果，原來只需要小量的菇粉就可以發揮解咒功效，那實在太神奇了！

　　於是，仙子們繼續把剩餘沒變色的神奇蘑菇磨成粉末，然後把菇粉小心翼翼地放在一塊大葉子上。幸好，太陽剛剛下了

山，沒有陽光的照射，菇粉便沒有改變顏色。

　　正當大家正在煩惱該如何逐一讓其他的草仙吃菇粉時，阿也突然感到鼻子非常痕癢，不得了、忍不了，阿也隨即張大口震撼地打了一個大噴嚏！

　　哎吔！哎吔！原來不只一個噴嚏呀！阿也連續打了四個大噴嚏！還一個比一個大、一個比一個誇張！

　　阿也的噴嚏太厲害了，他面前的菇粉隨着他的噴嚏被吹起，飄散在半空中！

　　「哎吔！」阿也連忙掩着自己的嘴巴，可惜已經太遲了！

　　大家看着在空中飛舞的菇粉，不知如何是好！就在這時，阿也的鼻子癢得更厲害，再也忍不住了，「哎吔！」他大力一

吸再一呼：「乞嗤！」就是這樣，今次的威力足以連樹上的葉子都吹動了，整個森林都好像給吹起了！

隨着這一個「世紀大噴嚏」，那些菇粉就朝着阿也的噴嚏方向，飄過樹稍，穿過草叢，一直飄往露珠湖，最後全都跌進了湖中央！

「怎麼辦？」大家抓着腦袋看着那些僅餘珍貴的菇粉，慨歎拯救森林的大計要失敗了。仙子們眼巴巴望着不停在「哎吔、哎吔」的阿也，無計可施。

此時，石俊心裏有個想法，掙扎了一會，終於開腔說：「我們現在唯有孤注一擲，請其餘未解除魔咒的草仙們，跳進湖裏試試看。」

露露、尚草都覺得這似乎是目前唯一

的辦法。況且，若再拖延，明天太陽一出來，那就更無望了。

　　因此，尚草連同賢草落力邀請草仙們下水玩玩，一起解熱降燥。草仙們一個跟一個紛紛一躍而下，跳進水裏，旁邊有三兩個草仙仍在猶豫，看着同伴玩得水花四濺、笑聲不絕，也心癢癢想要嘗試呢！

這個時候，奇妙的事情發生了！

除了在湖裏的草仙，就連站在旁邊打量着的草仙，因沾到了濺出來的水花，也會像尚草和賢草所經歷的一樣，升上半空、變大、翻滾、變小，再急墜回地面。他們此起彼落躍動的狀況，很神奇、很熱鬧呢！

露露再次查看水珠球，發現那纏繞着他們的灰黑煙雲，在他們着地後就煙消雲散。

不消一刻，所有的草仙已回復正常，再沒有歪念頭，不再愁眉深鎖，自卑自憐，那實在太好了！

接下來，一眾仙子：石仙、露珠仙、草仙⋯⋯對！還有羅賓鳥，大家當前的任務是如何趁晨曦來臨前，趕快去救救風仙和花仙。

但是，風仙和花仙各具個性，本來已經比較主觀，吃了神奇蘑菇後，就更變本加厲，大家都沒有把握可以勸服他們來到露珠湖中洗洗惡念頭，脫離神奇蘑菇魔咒的捆鎖。況且時間無多，即使有再好的口才，也未必能夠在短時間內動搖他們的意志。

時間一分一秒地過去，大家焦急不已，害怕一旦太陽出來後，陽光照射到露珠湖，那些在湖裏的菇粉便會變成粉紅色，頓時由解藥變成一湖毒藥呢！大家越想越擔心。

第十七章　齊心團結走出困局

石漢大王眼見形勢危急，作為魔法森林的領袖，必須好好帶領大家解開這個困局。終於情急智生，他忽發奇想道：「既然現在的湖水有解咒功效，就連身上沾上水花的草仙也能驅散灰黑煙雲，如果我們有方法將湖水灑在風仙和花仙身上……」

「對！」露露說：「大王你說得對！雖然我們無法令他們來，那我們就將湖水送給他們吧！」

但怎樣將湖水送出呢？

這時，貪玩的阿也靈機一觸，興奮地說：「哎吧！我們不如就製造一場解咒雨！哎吧！」

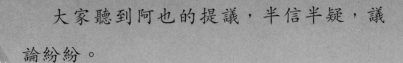

　　大家聽到阿也的提議，半信半疑，議論紛紛。

　　石漢大王覺得阿也這次的鬼主意倒值得一試，便對大家說：「不要再浪費時間，大家看看自己可以怎樣幫忙製造這場雨，合力拯救森林吧！」

　　羅莉說：「好，我們羅賓鳥一定幫忙，只要大家把湖水載好給我們，我

們可以帶它上天，讓它從天而降，灑在風仙和花仙身上。」

尚草說：「我們草仙就把湖水彈上空中，大量發射湖水球！」

石仙異口同聲說：「那麼我們就幫助草仙做你們的石壘，好讓你們借力，使湖水球射得更遠、更準！」

149

二話不說，露珠仙就將湖水變成一串串水珠球，放在用葉子編織成的巨型水球籃，方便羅賓鳥運送到高空。

一時間，大家士氣高漲，坐言起行，務必要在破曉之前完成這項偉大的任務。

阿也就負責去找風仙和花仙們，請他們出來看看魔法森林首度出現的神奇魔法雨。

「神奇魔法雨？比起神奇蘑菇更神奇？」風仙和花仙們聽見後都跑了出來看個究竟。

他們一出現，草仙和石仙們便合力發放湖水球，射得又高又遠，猶如放煙花的場面般震撼。與此同時，羅賓鳥就在空中不同位置倒下那千串又千串用湖水做成的水珠球，加上阿也刻意打噴嚏：「乞嗤！」、

「乞嗤！」，他們成功製造了歷史上魔法森林第一次的解咒雨。

　　忙了一整夜，所有風仙和花仙都被這神奇魔法雨灑濕了，還完成了空中變大翻滾的過程，露露看着她手中的水珠球，發現風仙和花仙們身上的灰黑煙雲亦逐一離去。

　　就是這樣，風仙和花仙們回過神來，彷彿腦袋輕鬆了，眼中看着的都變得美麗

起來。瀟風還第一時間說：
「森林最近那麼悶熱，我
們不如為大家吹送點涼風，享受一個清爽
舒服的晚上吧！」

　　清風一到，花仙們的色彩漸漸回復，
整個森林頓時涼快起來。大家都感動得流
下喜悅的眼淚！

　　這個難忘的晚上，就在大家齊心努力
下，驅走了那些不好的念頭，尋回以往充

滿快樂、友愛的魔法森林。

　　此時，即使大家都有點累，但滿心歡喜，笑着迎接新一天的早晨。

　　雖然露珠湖經此一役後沒有了湖水，但為了記念這次事件，石漢大王給它改名為「解咒湖」，而那些神奇蘑菇就被命名為「念頭菇」。希望這種吃後會帶來負面思想、壞念頭的蘑菇永遠不要再出現。

　　大家都要緊記着這個大教訓！

「哎吔！」阿也正在數數看，有沒有遺漏未被洗滌的仙子，發現少了花后愛美。

恬兒說：「當日愛美獨個兒離開了森林，大家就再沒有見過她了。」

後來，一隻羅賓鳥回來報訊，

發現愛美沒有了美麗的外表，還越變越醜，身上的彩色花瓣也脫落枯乾了，換來了一身黑色衣袍，遮掩着她的容貌，很是嚇人呢！據說她在遠處另一個森林內，為自己築了一間用糖果製成的小屋，說要在那裏尋找回復美貌的秘方！

「哎吔！」

魔法森林大件事②

神奇小蘑菇

作　　者：陳美娟
繪　　圖：陳焯嘉
責任編輯：胡頌茵
美術設計：李成宇
出　　版：新雅文化事業有限公司
　　　　　香港英皇道 499 號北角工業大廈 18 樓
　　　　　電話：（852）2138 7998
　　　　　傳真：（852）2597 4003
　　　　　網址：http://www.sunya.com.hk
　　　　　電郵：marketing@sunya.com.hk
發　　行：香港聯合書刊物流有限公司
　　　　　香港荃灣德士古道 220-248 號荃灣工業中心 16 樓
　　　　　電話：（852）2150 2100
　　　　　傳真：（852）2407 3062
　　　　　電郵：info@suplogistics.com.hk
印　　刷：中華商務彩色印刷有限公司
　　　　　香港新界大埔汀麗路 36 號
版　　次：二〇二二年七月初版

ISBN：978-962-08-8063-6
© 2022 Sun Ya Publications (HK) Ltd.
18/F, North Point Industrial Building, 499 King's Road, Hong Kong
Published in Hong Kong, China
Printed in China